QUE TAL

DANIEL ARSAND

QUE TAL

PHÉBUS

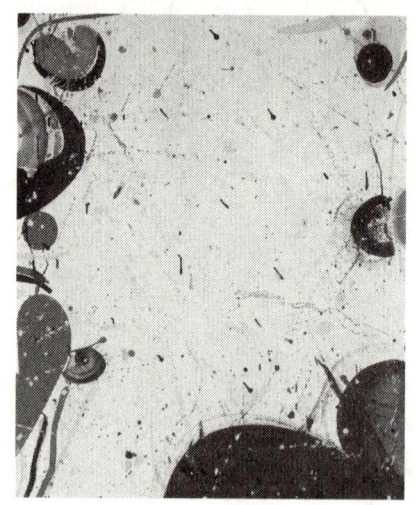

Illustration de couverture :
Sam Francis
Composition (1963-1964).
Photographie © Musée de Grenoble / 2012,
Sam Francis Foundation,
California © ADAGP, 2013.

© Libella, Paris, 2013.

I.S.B.N. : 978-2-7529-0752-3

À Marie-Caroline Aubert
À Arnauld Richier
À Sylvie Tanette

UNE NUIT

Que l'on soit en janvier ou en juillet n'a aucune importance, que ce soit le printemps ou l'automne m'indiffère. Je ne sais pas ce qu'il pense, lui, des saisons, du passage de l'une à l'autre, j'ignore tout de ses songes et de ce que son regard retient, pourtant il m'est si proche, si proche et si indéchiffrable.

Qu'importe le froid ou le chaud, le dedans ou le dehors, puisque nous sommes ensemble, lui et moi, parce que nous sommes vivants au point d'oublier qu'un des deux puisse fausser compagnie à son presque double, à son presque semblable, à son compagnon, fausser compagnie, mourir, crever, au choix, noria, tout ce qu'on veut. Nous sommes dans notre histoire et nous croyons qu'elle n'est que du présent, à jamais, toujours, un aujourd'hui infini, d'une éblouissante monotonie. Elle ne se muera pas en souvenirs. Nous sommes dans la réalité et l'illusion, tout en même temps, ritournelle essentielle, fleuve, îles à la dérive, chant tordu par un vent sans naissance ni fin, nuit qui est presque du jour, nous sommes jetés dans un unique mouvement, épousailles si communes, si heureuses souvent, un peu de bonheur, comme des flocons de neige, de l'écume, quelques épis de blé. Il n'y aura pas de séparation. Il n'y a pas eu d'agonie, mais que sais-je de l'agonie, qu'en sait-on, vous comme moi? J'ai vu mourir mon père et ma mère, j'ai vu mourir des amis du sida, j'ai vu mourir des inconnus dans la rue, sans rien savoir, sans pouvoir concevoir ce qui les a étreints à l'instant dernier. Vraiment, qui pourra me dire ce qu'est agoniser, de quoi se compose un dernier souffle, une dernière pensée, un dernier rêve, et si même pensée et rêve sont alors un peu plus que des mots?

Voir n'enseigne pas toujours tout.

Et que sais-je de moi? de lui? de nous?

Nous vivons une histoire.

C'est une histoire d'amour.

Qui aura le culot d'affirmer le contraire? Qui saura?

UNE NUIT

Vous n'aimez pas les histoires d'amour ?
Taisez-vous et tentez de comprendre.
Ce qui est, ce qui n'est pas, ce qui est immobilité, ce qui passe, ce qui s'effondre, ce qui renaît, ce qui n'a jamais été, ce qui est, ce qui est glu et ce qui est foudre. Essayez de comprendre !
Vous n'aimez peut-être que les histoires d'amour attendues, qui ne demandent aucun effort d'imagination, qui endorment.
Moi, je parle d'un amour et de l'amour qui nourrit cet amour.
C'est d'absolu dont je parle. C'est clair, non ?
Il fait chaud ou il fait froid. Il faut trancher. Disons alors qu'il fait froid. Et disons que je me fous qu'il fasse ceci ou cela.
Froid, cependant.
C'est la nuit. Pas forcément la pleine nuit, pas forcément cette heure où l'on saisit que l'on n'échappera pas à l'insomnie, c'est juste un peu avant, dans un entre-deux, avant le sommeil ou avant l'acceptation que cette nuit, on n'aura pas de rêves, on ne sera pas dans un rêve, qu'il y aura simplement agitation, soupirs, fantasmes, nerfs en pelote, retour fracassant ou insidieux du passé, des états qui ne demandent aucune explication.
J'ai éteint la lumière.

Je repose sur le lit, les bras le long du corps, l'esprit non encore délesté de tous les petits événements floconnant le long du jour, l'esprit d'heures longues, sans contour, onctueuses, ou moites, de ce bout de temps qui vient échouer dans la mémoire, énigme et épave.

Où est l'île ?

J'ai la gorge sèche, ayant beaucoup fumé la veille. Je garde les yeux ouverts. J'ai la tentation d'allumer une dernière cigarette, d'accomplir des gestes qui maintiendront tout en moi éveillé, la lucidité et l'inconnu.

Une dernière cibiche, un mot d'argot, Fréhel, *Pépé le Moko*, Mireille Balin, maman, mon père, la mort de l'un, la mort de l'autre, la disparition d'une actrice, la restauration d'un film, le naufrage d'une goualeuse, l'oubli les ayant emportés tous, maman qui me chantait cette chanson, cette cibiche, l'ultime. J'hésite, parce qu'Il n'apprécie pas la fumée, ce qui se consume, garde paupières relevées.

Voilà que j'entends, rituel nocturne, son pas.

Je suis parfaitement silencieux. Illusion audacieuse, fadement humaine, orgueilleuse.

Les ténèbres matelassent l'appartement.

C'est Lui, chaque nuit il me rejoint.

C'est un être d'habitudes.
C'est quelqu'un.
Et je pèse mes mots. Je ne le remplacerai par aucun autre. Les synonymes n'existent pas, ne sont qu'apparence.

Il va de la cuisine à la chambre, revient parfois sur ses pas, ce bruit de douceur mate, qui s'effeuille, s'effiloche, se noie, il retourne à la cuisine, ou furète dans la salle à manger, il danse parfois dans le noir, il oscille, il virevolte, se fond dans la nuit, un peu plus profond, toujours plus profond, au creux des ténèbres, délice, il sait ce qu'est la nuit, mieux que moi, le monde tourne avec lui, quand moi, je suis le gisant, le gars qui frissonne d'attente, je n'exagère pas, le garçon qui refuse les larmes, s'émeut de celles des autres, le gars qui s'accouple à des instants de joie muette, qui sait ce qu'est la joie.

Il émerge de la nuit, il a le pouvoir de s'envelopper de sombre, de déchirer ce velours nocturne par un seul glissement, fluidité, regardez, comme il va, un magicien, il va et vient, il danse, je l'ai dit, se décide, son pas se précise, ce balancement de feutre, je le reconnais, nous nous connaissons un peu, lui et moi. J'ose dire qu'il me connaît.

Il entre dans ma chambre. Il y est entré. Il est en son royaume.

Viens.

Pas un bruit de porte poussée, qu'on referme aussitôt.

Il se coule entre le chambranle et le panneau de bois, émerge d'entre des ombres, neigeux, royal, indifférent, ce n'est que mon interprétation, je le vois, j'apprends à lui ressembler, je ne serai jamais son double, animal un peu, par intermittence, par hasard, mais je sais apprivoiser la nuit, et là on se rejoint, on se confond presque, impossibles jumeaux, je le vois et je l'imagine, il n'y a pas de différence entre les deux, vision, il est à deux pas, souverain.

Lequel appartient à l'autre ? Qui est qui ?

Viens.

Il rôde autour du lit. J'écoute son pas de brume. Voilà qu'il interrompt sa déambulation, il tend l'oreille à mon souffle, il sait que je ne dors pas, je ne peux pas lui mentir, et pourtant Dieu sait qu'il ne me déplaît pas de raconter des histoires, les mensonges ne nous sont pas nourriture, il n'a même pas à murmurer : Tu ne dors pas ? Ce langage niaisement théâtralisé, il le méprise. À cet instant il est

l'immobilité incarnée, mais aussi l'éphémère. Divinité. Insondable messager. De qui ? De quoi ? Il a le ricanement muet des princes devant mes inlassables questionnements. Tout en lui me dit : Tais-toi.
Viens !
Je l'aime.
Une histoire entière que trois mots résument.
Oui, amour.
Il s'étire, il bâille. Invisible, si familier, réel sans conteste.
Il est là, et pour l'éternité.
Il frôle un objet posé à terre, une pile de livres, ne les renverse pas, être agile, ailé, ce n'est pas une ombre, car aucune ombre n'a sa densité, n'a ce souffle.
Je le distingue, pâle, en sa soyeuse nudité.
Viens, lui dis-je, viens, viens, viens.
Et cette fois-ci à haute voix, viens, voix chaude, laiteuse, voix tel un pelage, voix suppliante, voix de l'espoir et du silence.
Il me répond en se hissant sur le lit, à l'extrémité de ma couche, il se tient là, muet, là où je croise les chevilles, bienheureux, il rampe brusquement vers moi, vers mes paumes, vers le haut de mes cuisses, vers ma poitrine, vers mes aisselles, vers

mon corps tout emmailloté de draps. Ne suis-je pas tout de tiédeur?

Il couche sa joue dans ma paume, sa respiration parcourt mes doigts, les réchauffe, un baiser, quelque chose comme ça, de fébrile et d'émouvant.

Il longe mon flanc, il s'arrime.

Cet arrêt devant la chair offerte, cette odeur de sueur, cette odeur d'homme que je perçois souvent sur moi.

Il occupe maintenant tout l'espace, il renvoie au néant toute solitude, il m'envahit, il gagne du terrain, il me hume, il me palpe, je ne l'ai pas trahi, je suis le même qu'hier et le même qu'avant-hier, je suis offert, je m'abandonne, il me caresse, tendresse ébauchée, recommencée, il est à mon écoute. Il pose la tête sur mon épaule, relève la tête, se déplace de côté, se colle à mon torse, il a le talent d'improviser de ces légers silences ponctués par de tout petits soupirs, j'ai appris de lui à deviner l'indicible, à me taire pour mieux sentir ma peau frémir, s'émouvoir, demander, recevoir.

Il s'alourdit sur ma poitrine, m'écrase de sa puissance.

Ses muscles bandés, parfaitement dessinés,

ceux de ses cuisses, surtout, rien d'agressif en lui, pas en cet instant du moins.

Mes mains se posent sur ses épaules, sur son dos, et là où bat son cœur. Il se raidit, il n'apprécie pas les familiarités, la flatterie et le baiser se doivent d'être elliptiques, il a le sens de la précision et de la mesure, il m'a conquis, il m'a accordé quelques privautés, mais maintenant, restons-en là, dormons, l'un contre l'autre, la nuit sera courte.

Pour ne pas qu'il me quitte, je renonce à mes caresses. Je me redresse légèrement, j'ai les reins douloureux, il geint, parce que j'ai bougé, je vois dans la nuit, le dire et le redire, l'enivrante répétition, il recule, il est tout glissement, avance de nouveau, nos joues se touchent, chatouillis, rire étranglé de l'un, grognement satisfait de l'autre.

J'éprouve un grand contentement d'être là, avec lui, dans ce lit.

Il m'a apporté la paix.

Je t'aime.

Avec lui, tout est limpidité.

Que Tal.

C'est son nom.

Il est contre moi, il est totalement là, il module

soudain un miaulement, juste avant que je roule dans un rêve.

Ensemble, nous entrons dans la nuit.

1

Je suis las.

De me poser des questions, d'y répondre, du moins de le tenter, las d'échouer toujours, las d'être seul avec moi-même, mais comment faire autrement, accepter de ne pas me différencier des autres, mes aïeux, mes contemporains, tous, ceux d'hier et ceux d'aujourd'hui et même de demain, pourquoi pas de demain, n'est-ce pas, las de n'aligner que des banalités sur la page blanche ou sous mon crâne, las des moments de stérile plénitude et las des moments de tout aussi stérile désespoir, las des morts et las des vivants, las de mes morts, las de mon enfance, las de mes souvenirs, de ressasser des émerveillements dépolis, des terreurs qui foirent en grand-guignol, des évidences qui ne sont que des évidences, morne plaine, des haillons en quelque sorte, des secrets, si moches, sinistres, las de ce quotidien qui est aussi le vôtre, le mien, le nôtre, celui de n'importe qui, humiliation pour celui qui désire avoir du panache, oui, je suis las.

D'une lassitude comme une pierre au ventre, néanmoins tranchante, profondément, affûtée par le temps et les hommes et moi-même, petit dieu sans dieu.

En parlant de lassitude, c'est de chair dont je parle.

Une robuste lassitude qui me maintient en vie, qui me donne apparence, qui me donne donc un corps, comme pour certains le malheur ou la joie.

Éclatante lassitude.

Dormir avec elle, s'éveiller avec elle, danser avec elle.

Las jusqu'au vertige.

Le dire.

Mais pourquoi pas se taire? Ça, je ne le peux pas, je ne sais pas. Lassitude et verbiage sont mes étais les plus solides, des compagnons.

On n'a que la perfection que l'on mérite.

Je suis las d'être un fils, de l'avoir été, de l'être

encore, bien qu'orphelin, las d'avoir un nom, et à jamais.

Las à en mourir.

Lassitude telle une bête dans la nuit. Oiseau ou fauve. Ça se coule sous les angoisses.

Renard, chat haret, chouette.

Lassitude qui parasite le morne maintenant. Elle règne, elle est là, voilà la part animale qui est la mienne, bien fichée en moi, elle se terre en des zones mutiques que je n'ai pas osé explorer, pitié, où est le bourreau, je suis lâche, comme la plupart, lâcheté universelle, ah ! cette chose ancienne qui est mienne et quasi inconnue, elle me parle, qu'est-ce que j'en comprends vraiment, elle me parle, elle me questionne, elle me harcèle, soudain me tourne le dos, redescend dans ses abysses, mais ne disparaît pas, ne peut pas, elle est celle par qui on reconnaît qu'un être est humain.

Je la veux, je la désire, je la sens en moi, je la préserve du dehors, des gens, de mes semblables, elle est vivante, invisible souvent et prospère, elle est ciel, forêt, terrier, je suis sa proie parfois.

Être animal, manière de rompre avec ma bonne grosse vaine lassitude, manière de me donner la chance d'être quelqu'un, quelque chose, d'avoir du sang dans les veines, d'être un peu plus que ce que je suis.

Je sens cette part en moi et n'y accède qu'un peu.

J'ai néanmoins l'espoir chevillé à l'âme de la posséder, si l'espoir et l'âme existent.

Part animale, sublime et inqualifiable, elle est invisible, et se meut en moi, sans m'appartenir. Solitude. Seul avec cette présence en moi, qui ne se livre pas, qu'on n'enchaîne pas ou si mal, vaines tentatives, illusion parfaitement humaine, vanité, outrance. Comment en prendre possession ? Comment parvenir à se dire : Ceci est à moi et le restera.

Ah ! cette solitude, ah ! cette lassitude, torrides toutes deux, un chœur sous des voûtes, elles ne me lâchent pas, elles m'obsèdent, elles me prennent en tenaille, elles sont pugnaces, elles sont crabe, à mon image, mais dans quel but, elles me donnent un contour et un poids, des frontières et des creux où pleurs et joie stagnent, et dire que je ne voudrais à certaines aubes, à certaines méridiennes, à certains crépuscules, n'être que du flou, du négligeable, de l'indifférencié, de la brume, une neige douce qui tombe sans cesse, qui tombe.

QUE TAL

J'ai quarante-deux ans, l'ai-je précisé, est-ce si capital de le dire, un tournant dans la vie, on dit beaucoup de choses, on se persuade de beaucoup de choses, ah! si j'étais vent, eau ou poussière, sans âge en somme, comme les saisons, vœu pieux, je suis homme, je suis un fils, juste cela, je suis un orphelin, déjà dit, inéluctable, orphelin, oui, c'est peu, c'est beaucoup, c'est tour à tour rien et l'univers, ce n'est peut-être pas à moi de décider qui je suis, se contenter de hurler, en jouir et ne pouvoir se décider.

Je ne suis pas vent, eau ou poussière, j'ai quarante-deux ans et je suis au chômage, je suis sans enfants, sans femme, sans compagne ni compagnon, solitude d'une grande banalité, j'essaie d'être quelqu'un, je suis péremptoire et mélancolique, j'essaie de me définir, mais ce que l'on définit n'a qu'un temps, ne dure que ce que durent les roses, s'érode, une seconde de vie, une minute, une heure, une éternité racornie, relative, parfois un jour, parfois une nuit.

J'éprouve souvent un grand orgueil d'exister, d'être homme.

N'être que cela. Toujours. Orgueil battu en brèche, incendié.

Je connais alors le doute : je ne vaux rien,

c'est ce que je me répète, le ver est dans le fruit, oublier le fruit, ne songer qu'au ver.

Le ver est dans le sang, le ver est dans le corps tout entier, il colonise, il sape les fondations. Il tue, il atrophie. Il est atroce et magnifique.

Je ne suis que de la fumée, du sable et du brouillard.

Joli tout cela, de jolies images sans épaisseur, sans foi ni loi, qui ne résonnent pas, images sans orage ni tempête, elles ne créent pas l'océan, les cols et les précipices.

Une vraie vie, c'est quand elle est pleine d'échos.

C'est fade d'écrire pareille phrase, quel culot, je ne suis pas un écrivain, je m'en approche, ne le serai peut-être jamais, j'ai quarante-deux ans, je suis au chômage, étendu vingt-quatre heures sur vingt-quatre sur mon lit, replié sur moi-même, une momie névrosée, gigantesque, une nacelle en perdition, grotesque, je suis incapable d'écrire, je me noie dans ma bauge, je songe à la ville de mon enfance, qui fut longtemps ma capitale, mon archipel, mon unique rivage, mon royaume, vous voyez j'essaie de me dire que je suis vivant.

Vivre, je regarde les autres passer, et vivre me semble si facile.

QUE TAL

Je fais comme je peux pour exister. Vivre, c'est ceci pour moi, inlassablement : dormir, ronfler, se branler, se rendormir, grincer des dents dans le sommeil, n'avoir personne près de soi qui vous engueule, ouvrir les yeux, avoir des yeux, pleurer, avoir des larmes, avoir juste les yeux humides, n'être qu'artifices, viendra bien un jour où je saurai sangloter, je ne m'intéresse qu'à moi-même, je n'ai que moi, une impression, sauvagerie, je n'ai que moi à scruter, sonder, pourchasser, talonner, insulter, victime et bourreau, deux en un, économie imposée par les siècles, des millénaires, insulter, je m'insulte, vieille carne rouspéteuse, geignarde, connard, sans moi je m'emmerderais, je me hais, je m'adore, j'ignore l'ennui en fin de compte, je me suis raconté des histoires, tout en étant à peine une histoire, j'ai des pensées par centaines, je me rengorge, des embryons de pensées, je ne vais tout de même pas commencer à me prendre pour ce que je ne suis pas, je vogue en moi, préciosité, je rougis de vanité, je vogue en moi, ne me corrigez pas, je suis en plein chaos, je me bâtis une forteresse de mensonges, il me faudra un matin, demain, ce soir, il me faudra écrire, ce qui s'appelle écrire, écrire dix mots et en retrancher onze afin d'aller à l'essentiel, même si l'essentiel n'est qu'une baudruche, écrire ce que j'ai été, purin et tas d'or, ce que je ne suis pas encore, écrire, tant de vérités et tant d'illusions, y a-t-il une frontière entre les deux, écrire ce que je risque de devenir, ce que je ne peux pas être, ce que je ne veux pas être, ce que je rêve d'être, ça fouette les sangs, écrire, ça tourmente, illusions qui me stimulent, vérités qui me décapitent, j'écrirai ce que je serai, ce que je suis déjà, qui sait, un fantôme, un peu de crépuscule, un peu d'aurore, voilà ce que j'écrirai.

Je suis une masse molle sous mes draps, j'ai dit que j'étais une momie, je sue, je pue la sueur qu'exsudent la déprime et l'inaction, mais refuse de croire que je sombre, d'ailleurs, regardez, je me lève, et sans effort, je me lève, je m'extrais de ma soue, je m'en vais cuisiner, je suis mon propre invité, je me prépare une popote plutôt acceptable, plutôt goûteuse, il est des jours qu'on pourrait croire heureux, je me lève, je cuisine, je lis, je rédige mon journal, je m'active derrière des tentures tirées jour et nuit, je ne suis pas de la merde, même si personne ne me voit, j'attends avec ténacité, j'attends une présence, celle de l'amour, rien que cela, un miracle, celle de l'amour mais aussi celle de mes morts.

Mes morts.

J'attends une présence ondoyante, secrètement faite de ferveur, tous les sens en éveil, j'attends qu'il s'allonge contre moi, lui, la présence absolue, écoutez, il s'avance, ce n'est pas un de mes semblables, j'en ai soupé d'eux, je veux quelqu'un qui m'accompagne dans mes rêves, quelqu'un qui ne me pose pas de questions, quelqu'un qui m'emporte quelque part, loin, pas un homme, pas une femme, quelqu'un, vous dis-je, et tenter de l'aimer, l'aimer, oui, je pourrais, dites-moi que je pourrais, car j'ignore tout de l'amour, j'ai aimé des hommes, mais si mal, si furtivement, j'aime mes morts, mais c'est facile d'aimer des morts, c'est facile de ressusciter ceux qui vous ont engendré, il suffit d'avoir des mots, de construire une phrase, il suffit de savoir construire une histoire, de rassembler des souvenirs, mais il y en a peu des souvenirs qui parviennent à vous déchirer de part en part, à vous donner une voix. J'ai parlé de lassitude, eh bien, j'en ai marre de ressusciter les morts, mes morts, je veux les perdre de vue, je veux oublier qu'ils me hantent, je veux aujourd'hui et ne pas aller plus loin, ni plus haut, ni plus large.

Mes morts m'encombrent, ils me tuent à petit

feu, je leur résiste, je suis de pierre, il me faut être pierre, acier, et je veux que ma mémoire soit pour eux des sables mouvants, je veux être libéré d'eux et de moi, je veux, je veux, je veux.

Je veux tant.

J'écrirai donc ce qu'ils ont été et comment je me suis libéré d'eux, prétention, une houle, j'essaierai d'écrire les autres, les comme moi, et les étrangers, tout ce marécage humain, toutes ces pépites d'or dans la boue, j'écrirai sur ceux qui m'ont ému, qui m'ont un moment ravi à moi-même, j'écrirai sur ceux qui peuvent encore m'émouvoir, encore, j'aime bien ce petit mot.

J'ai un cœur, comment vivre sans, me dit-on, ils parlent et mon cœur bat, il bat en moi, pas assez parfois pour me rappeler que j'ai ce cœur en moi, pour me rappeler que j'ai un cœur, il bat la chamade, ça veut dire quoi, la chamade, battre la chamade, prenez un dictionnaire, cela m'emmerde de chercher, d'expliquer, il bat, mon cœur, il est gros de tout ce qu'il n'éprouve pas, l'amour, il aimerait bien le connaître, le forger, le faire tinter, mais l'amour ne vient pas, l'amour se dérobe, je dis que l'amour n'existe pas, court-circuit, facilité, mon cœur me dit que ce n'est pas pour moi, qu'aimer me dépasse, et pourtant, quoi qu'il avance, quoi qu'il affirme, ce foutu cœur est poreux, il sait aimer, pas des hommes ni des femmes, mais des choses, des choses vivantes, il ressent des émotions violentes, et cependant subtiles, uniquement dès que l'humain n'est plus en jeu, il vibre, mon cœur, devant des bois noirs, sonores, impavides, il vibre devant des landes et leurs genêts, ces choses sont charnelles, plus même qu'un corps d'homme, je suis habité par ces choses, par ces splendeurs, par toute cette vie, cette coulée immémoriale, monts de la Madeleine et du Forez et d'ailleurs, ils ont plus de consistance que mes amis, mes amants, ils sont en moi, ces monts, mon petit cœur en éponge ne s'épuise pas de les aimer, bêta et immense petit cœur, il bat pour un paysage, pour un animal, il me tient chaud, il sait battre, il me donne force, je suis grâce à lui quelqu'un saturé d'animalité, voilà ma nuit intérieure.

Ma nuit animale ne m'effraie pas.

Je suis constitué de nuit, je suis chez moi dans la nuit, il en est ainsi de certains animaux, la nuit est mon élément.

Je vais vous raconter une histoire.

Il était une fois. Je venais d'emménager là où je vis encore, où je m'envase dans mes draps, où je suis ombre et toupie. J'avais eu l'idée, un matin, d'aménager ma cave. Je descendis des escaliers, la clé à la main, une énorme clé comme celle tintinnabulant dans les contes.

Il était une fois.

Penchez-vous vers moi, écoutez-moi, soyez à moi.

C'était hier, c'est aujourd'hui, c'est toujours.

Écoutez.

Je respire une odeur d'eau croupie et de salpêtre, je me mêle à elle, elle me répugne pourtant un peu, elle est vaguement inquiétante, je cherche cette cave, j'ai mes nerfs. La lumière s'éteint toutes les trois minutes, que peut-on accomplir en un si court laps de temps ? Errer prend des mois et des années, toute une vie. Errer soit pour échapper aux flèches, soit pour réaliser un rêve. La cave est là, enfin. Numéro 9. Porte de bois qui branle, cadenas arraché, dedans, amas de cageots, de bouteilles vides, un fatras moisi, retour du noir de suie, où est la minuterie, je ne me suis pas muni d'une lampe torche, je dois m'accommoder de toute cette nuit morne, je tâtonne, toucher les murs, s'y heurter, une falaise dans l'obscurité, on obtient le vertige et la peur, j'essaie de combattre ma phobie de l'insecte et de

QUE TAL

l'araignée, je m'occupe en somme, je m'habitue à l'odeur d'eau croupie, d'humidité gluante, pas spécialement citadine, puisqu'elle me rappelle la campagne, de très anciens paysages, enchevêtrement de ronces, du pourrissant, de l'acéré, j'ai la nostalgie de balades à travers champs et forêts, blés, humus, fendre un bruissement d'or, plonger dans la verdure. On dirait que ça clapote tout près de moi, je m'accroupis, mes mains à plat sur la terre battue, j'ai la terreur de basculer en avant, en arrière, de côté, de m'évanouir d'inconnu, d'être trop bâté de mémoire, j'ai mal aux reins, je ne suis pas si vieux que cela, je touche quelque chose qui ressemble à une caisse, elle sent le bois gorgé d'eau, la pluie et la souche, enivrant comme l'enfance lorsqu'elle revient en rafales, pourquoi alors fuir ce souterrain? Je suis ombre dans les ténèbres, je suis, présent insondable et vivifiant. Que sera demain? Qui saura dire ce que sera le demain des hommes? Le temps s'écoule, une heure est sur le point de s'écouler parmi ces émanations de marais, mais voilà que l'on pénètre sur mon territoire, avec précaution, sans se presser, tout en délicatesse, une présence quasi volatile, on m'effleure, on recule, on avance, on se rapproche, qui est la proie, elle se frotte à moi, du front et de la truffe, elle est soudain sur mes genoux, immatérielle et néanmoins réelle, de la plume, du silence qui halète doucement, elle se love sur mes cuisses, pas facile de demeurer en équilibre, je me penche vers elle – il ronronne. Je lui réponds par un son de gorge, un feulement à ma manière, je manifeste mon contentement, je pourrais vivre longtemps dans cette catacombe, une étreinte sans étreinte, je ne compte plus les secondes et les minutes, je ne dépèce plus le temps, je me laisse aller à une léthargie qui me possède tout entier, joie inouïe, invulnérable, je la crois telle, je veux le croire, nuit de puits, nuit de pétrin, je ne pense à rien, pas même à Lily, à Hagop, à mes parents que je n'ai jamais nommés par leurs prénoms, familiarité que nous accordent nos morts, je pense à mes amants, à ceux du passé, à ceux de l'avenir, l'un d'eux me disait, quel nul tu es, tu ne donnes pas ça de toi, tu ne donnes rien, tu ne sais pas donner, tu es un naufrage ambulant, tu es infichu d'aimer, j'étais, moi, prêt à t'aimer, je t'aimais, mais tu te barricades en toi, tu refuses ce qui est, dégage, connard, tu ne vaux pas tripette, il avait raison, comment s'appelait-il, j'ai dû le savoir, tu es moins que ça, continuait-il, pouce et index dessinant entre eux un petit vide lugubre, «ça», le ça fourre-tout, le ça comme un crachat, le ça comme une fosse, tu n'es que ça, je ne suis que ça, l'amant m'avait envoyé dans la gueule mon impuissance à aimer, tous mes déserts, tous mes chemins de sable, à en être pétrifié.

J'essaie d'échapper à ces mots, à ces phrases, à ces injures qui sont des vérités, chacune bonne à dire, d'échapper à ce qui vous cingle, vous harcèle, vous brise.

Il est sur mes genoux, le chat de gouttière, je songe encore et encore, vapeurs, marée mentale, à mon enfance, aux bois de mon enfance, aux bruyères et aux genêts, je suis heureux et glacé jusqu'à l'os.

Avec l'amant qui ne prenait pas de gants pour m'acculer à moi-même, j'aurais pu vivre une histoire, il aurait eu aujourd'hui un nom et un prénom.

J'ai perdu en moi son visage.

Je n'entends que ses mots, sa colère, son dégoût, sa tristesse.

Un amant de quelques jours. Qui avait voulu que je comprenne que l'aube existe. Et non pas seulement cet entre chien et loup dans lequel je me complais.

Il n'y a pas que les loups ici-bas.

Il n'y a pas que des déserts.

L'animal sur mes genoux s'étire, gémit de satisfaction.

Alors m'environnent une brande et des rus, des fougeraies et des mares, des prés et des étendues de blé. Je suis ici et là-bas. Où, les frontières ? Ponts, guets, et ponts-levis.

Je me souvenais.

Je m'étais enfoncé dans une forêt, j'avais huit ans. C'était un été où l'on m'avait mis en colonie de vacances. Un soir, je pris, et même saisis, la poudre d'escampette, car j'en avais marre d'une morale enseignée entre deux jeux obligés, plus qu'assez des ordres et des promenades programmées, plus qu'assez de la gentillesse des monitrices, alors je m'étais enfui, il était tard, mes copains dormaient, les adultes dormaient, ici on dormait beaucoup, dans des lits étroits, je disais adieu à un univers qui n'était pas le mien, ne serait jamais, j'ai marché dans une obscurité à nulle autre pareille, elle me pressait de tous côtés, agressive, ventrale, j'étais seul avec elle, je marchais, je m'écorchais à des épineux, je m'enfonçais dans des fondrières, je butais contre des racines, je nommais toutes les bêtes qui m'épiaient et composaient mon bestiaire le plus intime, qui m'accompagnaient, belettes, fouines, martes, écureuils, renards, blaireaux, sangliers, chevreuils, lièvres, garennes, puis c'était au tour des oiseaux, leur envol et leurs nids, hulottes, chevêches, grands ducs, je marchais, je marchais, à me tordre les chevilles, à me rompre l'échine, à couiner de douleur, j'invectivais le ciel et les étoiles, je jurais comme un charretier, un incendie se déclarait à l'intérieur, des plantes se faisaient lacets, collets, rets. Je me libérais d'elles.

J'ai bronché, une torsade de fer, des rhizomes d'acier m'ont jeté à terre.

J'étais assoiffé et j'avais peur. Et brusquement le sommeil est venu.

Puis, ce fut l'aurore. Entre mes paupières, une vision. À trois pas de moi, la bête se tenait, sublime, puante, bouffée de vermine, grandiose, mortelle, mythique, une légende. C'était une laie et ses petits. Elle me fixait. Je ne bougeais pas. Je me disais que je ne devais pas chier dans mon froc, car elle me boufferait. Une bête qui surplombe. Elle me fit de la hure rouler d'un côté, puis de l'autre, sans user de ses défenses, elle avait pitié de moi, elle me méprisait, elle secoua son crin, bava, et adieu, elle s'éloignait avec sa marmaille, la faramine avait disparu, mais logerait désormais en moi, elle est au plus secret de mon être, tandis que j'écris, tandis que j'essaie de raconter un souvenir, une histoire, une aventure.

J'avais pissé sur moi, après son départ. Mais j'étais animal, un peu moins qu'elle, un peu malgré tout. Était-ce possible ? Est-ce une vérité ? Ou pas plus qu'une croyance ? Qu'un espoir ?

Ils me cherchaient, ils étaient sur mes traces, ils organisaient une battue, ils me trouvèrent, m'arrachèrent à ce à quoi j'aspirais, une vie faite d'instinct, une vie brûlante d'inconnu, à cette vie que l'on massacre. Je me rêvais animal, j'étais dans un conte, j'étais millénaire.

Pourquoi as-tu fait cela ? me demandait-on. Tu ne nous aimes donc plus ? Mon chéri, réponds.

Je pleurais, je m'obligeais à ne pas montrer les dents.

Ils m'emportèrent loin de cette nuit et de cette aurore et de cette vision. Loin de ce que j'avais entrevu de moi et qui était vivable.

Cave.

Paupières closes. Adieu laie, marcassins, bois, aurore, jour, crépuscule, adieu, comme dans la fable blanchie de lait répandu, adieu Perrette.

QUE TAL

Avançons dans la mémoire, avançons dans l'histoire saturée d'histoires, dans une vie en somme.

Le fauve en miniature s'agite, miaule, glisse de mes genoux, s'éclipse, lunaire, charnel, une bête. Je ne le revis jamais.

Je me lève, me faufile entre tous les soirs de ma vie, je gravis des marches, je regagne mon logis. J'ouvre mon carnet d'adresses, je prends mon téléphone, je fais le numéro de n'importe quel garçon, il m'est nécessaire, voire impératif, vital alors, d'avoir quelqu'un contre moi. Le hasard ne coopère pas avec moi. Une voix anonyme, enregistrée, me dit : Je ne suis pas là, mais laissez un message. Je raccroche, je compose un deuxième numéro, même échec, même ton désinvolte pour vous renvoyer en enfer, un troisième, et toujours personne. M'obsède celui qui m'a aimé et que j'ai repoussé autrefois, qui m'a chassé, que je traque dans mon passé, tantôt labyrinthe, tantôt marais. Pourquoi ce garçon et non pas celui-là ? Pourquoi cette bouche précise, cette chevelure, ces hanches, ce sexe, ces cuisses ? Pourquoi privilégier ce corps et non pas cet autre ? Pourquoi cette incandescence ? Écoute, me susurre ma mémoire, écoute, et j'écoute, passionnément, avec affolement. La mémoire rayonne même au plus insignifiant de nous, nous consume, elle est cruelle, généreuse, intraitable, hargneuse, trouée de motifs obscurs, elle est patiente, elle n'a pas de cœur, mais je lui appartiens, elle m'a pris dès le premier jour de mon existence dans ses rets. Elle me parle de mes vivants et de mes morts, elle m'enchante et me terrifie, elle me fait comprendre qui je suis, qui je pourrais être, celui que je ne serai jamais. Elle est judicieuse, chaotique en apparence, elle est un baume, elle sait taillader, et fait-elle la différence entre les vivants et les morts ? Elle est granitique, lancinante, fiévreuse, capricieuse, tyrannique. Elle parle d'hier, d'aujourd'hui, de toujours, elle parle d'eux, de moi, elle se fait doucereuse, mèche de fouet, venin, elle m'est plus fidèle que mes parents, mes amants ou mes amis, elle est mon unique possession, et sans doute mon maître unique, elle est parfois illisible, et pourtant est un livre, elle m'accorde de temps en temps un repos, elle me néglige, je l'oublie, elle se rappelle à moi, vindicative, acariâtre, elle me relance sans cesse, au détour d'un rêve, d'un espoir, d'une désillusion, elle est impérative, elle sait se retirer avec politesse ou sans préavis, rudement, quand l'angoisse du futur me poignarde, me broie : ne suis-je pas au chômage ?

Je le suis, je l'ai écrit et clamé, j'ai dit tant de choses, j'ai tant ressassé de déconvenues, de rejets, de ratages.

Elle, encore et encore.

Elle se tient coite maintenant pour que j'écrive mes lettres de candidature et cette confession que vous lirez un jour.

Je cachette des lettres, je les timbre, j'irai les poster dans quelques instants. Devant mes fenêtres les saisons défilent, s'étiolent. Le bouleau de la cour voisine verdit, puis se défeuille. C'est le dehors, c'est le là-bas, et moi je suis chez moi, accoudé à la barre d'appui. Fleurit une bruyère en pot. Je suis de plus en plus sujet à des crises de panique. Le monde de plus en plus me provoque. Celui qui se tient au-delà de moi. De ma vie. Mais est-ce encore de la vie ? Sang morne, lymphes gélatineuses, muscles mous, os rongés. Ce monde me crie : Je ne veux pas de toi, mais essaie malgré tout de te mêler à ma trame. Vis un jour de plus. Un mois. Une année. Plus. Bats-toi contre moi, déclare-moi la guerre, vaincs-moi ! Alors, j'ai brusquement envie de me tuer. Je les entends me tancer : Mon chéri, dirait maman, mon petit, dirait papa, quatre mots, une musique taillée dans l'amour, sois plus qu'un fils, m'adjureraient-ils. Je leur promets que je vais lutter contre moi et contre ce monde qui se fout de moi, mais avoir un ennemi est signe de bonne santé, que l'on vaut quelque chose, que l'on a peut-être vraiment un nom et un corps. Des lois que personne n'a écrites m'imposent d'être un homme. Je me battrai. Je me bats. Je désire tant quelqu'un près de moi. Je veux une relation qui ne soit pas une passion qui atrophie, pas semée de trahisons humiliantes, pas harnachée de souffrance corrodante. J'attends un miracle.

2

Un jour, une amie déposa au creux de mes bras un roi.

Ce fut Que Tal.

Bonjour, et comment ça va ?

Il avait un visage. C'est-à-dire un regard. Ce que certains – des imbéciles, des brutes – nomment le vide. L'étonnement, la fatigue, la colère, l'exaspération, la quête de tendresse s'y lisaient. Avait-il de l'amour pour moi ? je l'ignore. Peut-on d'ailleurs parler d'amour entre lui et moi ? Je dis oui. « Amour » me semble le seul vocable convenable pour cerner ce qui nous liait. Je lui manquais, si je partais en voyage. À mon retour, il paraissait éperdu de soulagement. Il me reconnaissait, il était de nouveau en sécurité. Je devais alors, et ce pendant quelques jours, lui être visible à tout instant. Il me suivait de pièce en pièce. Il était mon ombre de brume. Je devais le prendre dans mes bras, le bercer comme un petit enfant, et ce bercement devait durer plusieurs heures. J'étais son ultime repère. Sans moi, mon appartement, qui lui était pourtant familier, qui était son aire, se muait en chaos. De sa gorge, quand nous nous retrouvions, s'échappait un murmure. Il se pâmait. Il offrait son ventre à mes paumes, j'y enfouissais mon visage, je lui susurrais des mots d'amour. Il sentait le talc. Son cœur cognait. Ses griffes se rétractaient. Nous étions bien. Je me glissais dans un présent sans limites où notre fusion s'accomplissait. Il n'avait aucune conscience de l'avenir et donc aucune crainte de la mort. Que m'importait ce que serait demain.

J'avais en charge un être vivant.

Que Tal vivait comme une trahison, une raréfaction de l'air, un rapetissement de son espace, si je recevais des garçons. Il boudait. Il avait la mine offensée. Il crachait à l'adresse de l'intrus. Il grondait, allait se réfugier dans la salle de séjour. L'appartement se creusait de grottes. Il ne m'oubliait jamais, quand je n'étais, moi, qu'oubli dans les bras de l'amant de passage. La haine, je crois, lui était inconnue. Il aurait pu mourir de mon absence prolongée, ça, je le sais. Et pour des raisons professionnelles, je m'absentais souvent. Son cœur s'est usé à m'attendre.

J'eus parfois des amants que je suspectais de pratiquer la maraude. Après leur départ, j'imaginais qu'ils reviendraient chez moi, fractureraient ma porte, et que, furieux de ne rien y trouver de précieux, de monnayable, ils se vengeraient sur l'animal. Je ralentis donc singulièrement le rythme de mes ébats. Je fis ainsi des concessions à une réalité. À un rêve également, car Que Tal représentait l'intouchable. La privation de sexe pendant quelques semaines était joyeuse, presque naturellement décidée.

Il était mon prisonnier. Je le privais du dehors. J'avais l'attachement cruel. J'aurais été un père névrotiquement protecteur. Celui qui interdit pour bâillonner son angoisse, sa détresse. J'aurais ressemblé à ma mère, je lui ressemblais dans ma relation avec Que Tal, une femme redoutant sans cesse pour moi le pire, quand je disparaissais de son champ de vision. J'imposais à Que Tal des interdits, en deux mots : ma loi. Ainsi je pensais ne pas mettre en danger la tranquillité de mon esprit. J'étais son maître et son geôlier. La peur que j'avais de le perdre le domestiquait. Et je disais l'aimer! et je l'aimais! Mais mon prisonnier n'abdiquait pas toujours. Le fauve réapparaissait constamment sous sa tendre placidité. Il protestait souvent contre mon autoritarisme. Grimpait alors de rage aux rideaux, désertait mon lit, renversait sa gamelle. Si je dansais frénétiquement sur une musique pour le moins endiablée, il me fixait et me jugeait ridicule. Le bruit l'insupportait. Et toute agitation. Il m'imposait le calme par un miaulement de protestation. Je me coulais voluptueusement dans ce silence miraculeux. Et qu'il froissait de sa crémeuse présence. Il se déplaçait dans l'appartement et j'entendais le tap-tap de ses coussinets sur le parquet. Il siestait des heures près de moi, tandis que je lisais. Je ne me rassasiais jamais de ses soupirs, de ses songes qui agitaient de spasmes son visage. Je l'entendais aussi se toiletter, bâiller. Soudain, le calme volait en éclats. Il se livrait à une sorte de danse de Saint-Guy. Il tournoyait sur lui-même, puis détalait en direction de la cuisine ou de la salle de bains. Ponctuant sa course de deux ou trois dérapages sur un sol trop bien ciré. Il haletait pendant quelques secondes. Une fois repris ses esprits, il venait se poster au pied de mon lit, son regard allant de moi à l'emplacement où il désirait atterrir. Là où les draps et les couvertures étaient plaine et non plis et replis. Sa décision prise, il s'élançait vers le carré de laine accueillante, la douce emblavure, il se roulait en turban et un grand silence de nouveau enveloppait cet univers qui était le nôtre, de peu d'étendue et de tant de richesses. J'étendais le bras, main ouverte, et sa tête épousait ma chair.

Je l'avais baptisé Que Tal, parce que la sonorité de l'espagnol me plaisait, parce que prononcer ce nom, en certaines situations, ordre ou avertissement, claquerait sec. Claqua souvent. Voile.

Au début de notre cohabitation je m'inquiétais d'avoir à partager mon espace avec un autre. Puisqu'il était un autre et quelqu'un. Quelqu'un et un animal.

Les premières semaines il fut tout angoisse. Mes nuits et les siennes étaient courtes. Il dansait son stress sur mon lit. Nous nous affrontions. Je jouais le calme, il incarnait le fauve. Il monopolisait mon attention. On s'accoutuma l'un à l'autre. Il tolérait la caresse pas plus qu'une seconde, sinon la griffe se muait en sabre. Le rapport de forces s'intensifia. Mais, peu à peu, des règles s'établirent entre nous. Elles tracèrent un cercle au centre duquel nous évoluions. Son regard quémandait, refusait, ordonnait. Parlait. J'appris à l'interpréter. De cet échange muet naquit l'apprivoisement réciproque, un langage particulier et de nous seuls déchiffrable, que n'affadissaient pas ou n'abâtardissaient pas les mots, ce qui est strictement humain. Le respect mutuel fut à la base de nos relations. Car relations, il y eut.

Il dormit tout d'abord sur mon lit, contre mes pieds. Je l'appelais. Il ne bronchait pas. Il s'étirait. Mes lectures subirent de plus en plus souvent des interruptions. J'abaissais mon livre. La fascination que j'avais pour cet être couleur de neige et d'argent prenait le pas sur les mots et les histoires. Je l'observais. Je n'ai jamais et si longuement à chaque fois contemplé un compagnon de nuit. Si par hasard il boudait ma couche, je me croyais aussitôt perdu, voire abandonné. Draps et couvertures redevenaient. Draps et couvertures n'étaient plus ondes ni tanière. J'avais l'immobilité terne.

Il dormait parfois profondément, tête renversée, gueule ouverte, babines retroussées. Il vagissait de contentement. Quels étaient ses rêves ? Ni aujourd'hui ni jadis je n'en ai eu la moindre idée. Évoluait-il dans ses rêves comme j'évoluais dans les miens, désinvolte, chauve-souris et tapis volant ou petite chose pétrifiée ? On assure que les bêtes rêvent de chasse et de proie. Elles sont poursuivies ou poursuivent. Me métamorphosais-je en prédateur ? Est-ce qu'il percevait une menace en moi, malgré notre entente, malgré mes caresses, malgré notre sensuelle proximité ? Est-ce que j'étais tout à coup son tendre ennemi ? Le seul acceptable ? Ce qui est certain, c'est que lorsque j'étais déprimé, angoissé, il m'évitait. L'harmonie lui paraissait aussitôt impossible. Un bref désespoir, ce dont j'étais coutumier, l'irritait. Dans ces moments de déréliction je recherchais sa chaleur, je tendais la main vers lui, je suppliais, mais il manifestait à mon égard une agressivité plus ou moins contrôlée, un mépris souverain. Mon appel à la tendresse ne pouvait naître du mal-être, sinon il y avait rejet. J'appris ainsi à refouler mes terreurs, mes chutes dans de médiocres abîmes, et cela uniquement dans le but de le reconquérir. Il se comportait à mon égard de même si j'étais malade. Que Tal ne me tolérait que sain de corps et d'esprit.

Il lui arrivait de m'enlacer. Corps écrasé de langueur contre ma poitrine, pattes de devant encadrant mon cou, joue collée à la mienne. En ces instants privilégiés j'égrenais ces petits mots d'amour bêtas que la plupart des amants échangent. Cette proximité ondoyante et sereine, chaque jour peaufinée, m'évitait souvent de me centrer sur mon passé, de n'être que moite nostalgie affadie par une ribambelle de rachitiques obsessions. C'est avec lui, grâce à lui, que j'ai commencé à négliger mes morts, à leur refuser les privilèges qu'ils revendiquaient, arguant qu'ils étaient les premiers, présents au seuil de ma vie. Peu à peu mes morts s'étiolèrent, devinrent à peine fantômes, moins que des ombres, tout juste un reflet sur une flaque. Matins et soirs, pour éviter une inaction abrutissante, j'écrivais. J'écrivis ainsi, veillé par Que Tal, bête tutélaire.

J'écris sur Que Tal aujourd'hui et je m'aperçois que dans mon journal je notais rarement ses humeurs, ses petits ennuis de santé, que je ne décrivais que par entrefilets sa beauté, notre vie en commun. Il m'habitait et ne résidait guère entre mes mots. Sans doute parce qu'il s'était magnifiquement incorporé à mon quotidien.

Le contempler me suffisait amplement. Je devais découvrir bientôt que j'étais impuissant à peindre les riens des jours et des nuits, à saisir l'insaisissable. Il me défiait de les évoquer, de les transcrire, d'en creuser la richesse et le silence, en somme de devenir écrivain. Je n'avais nul besoin des mots pour me rapprocher de lui. Il n'y avait pas de conflit. Nous n'avions donc pas à nous balancer d'atroces vérités. La haine, la frustration, le ressentiment, l'envie ne nous concernaient pas. Il m'était essentiel, et pourtant je demandais parfois à un dieu qui n'existait pas de m'offrir un amant dont je serais amoureux. Je ne fus pas exaucé. Si une passion s'était enclenchée, comment aurais-je su la faire se côtoyer avec celle que je vivais? L'aurais-je sacrifié, lui, l'animal, la bête, si le garçon révéré avait eu répugnance pour toute présence autre qu'humaine? Je n'ai pas eu à répondre à pareille question.

C'est dans cette entente, ce dialogue, dans cet indicible et cet impalpable qui constituaient, fondaient notre histoire que je me suis attelé à un ouvrage romanesque. En sa compagnie, j'étais un orphelin et plus, j'était seul mais veillé. J'étais libre de créer et ce dans une ambiance de tendresse partagée. Mes parents étaient morts depuis quelques années. S'ils ne l'avaient pas été, il est peu probable que j'aurais eu la force et le courage d'arracher mes masques, de tailler dans le vif. La peur qu'ils sachent que j'étais pédé aurait rendu irracontable tout récit. Tout aurait été ruines et désert avant d'avoir été verbe, ou même balbutiement. Je devais apprendre à me tenir droit, à ne plus me bâtir de sable, à ne plus résider dans un château en Espagne, à régner sur du vent. J'entrais peu à peu dans le réel. Je me colletais avec lui. Je ne le niais plus, j'étais à sa merci, je l'empoignais. Je n'étais plus uniquement un fils, je ne serais jamais un père, je devenais de plus en plus moi-même et j'avais un avenir.

En écrivant un recueil de nouvelles, que j'étais sûr désormais de mener à son terme, résonnait en moi la voix de ma mère. Celle qui me contait des légendes, des anecdotes personnelles ou non, les scènes capitales de son enfance et de son adolescence. Fébrile, étonnée d'avoir vécu tant d'événements et d'émotions, d'avoir écouté tant de romances et de noirs récits, elle me transmettait ce qu'aujourd'hui je réinvente et transfigure. Le scribe recréait sa propre mère.

Je suis devenu écrivain, parce que délivré du regard parental. Je suis devenu écrivain avec ange gardien. Que Tal se vautrait royalement sur mon bureau, tandis que sous ma plume naissaient tant bien que mal des personnages. Il rêvait. Lorsque je butais sur un des personnages, parce qu'il perdait chair et voix, qu'il était mensonge sans éclat ou vérité négligeable, je posais instantanément mon stylo et m'abandonnais à la contemplation de ma splendeur, de l'animal de neige. Sa beauté apaisait mes inquiétudes, balayait mon découragement.

Vivre à deux, ce fut cela écrire entre transe et sérénité.

Il est mort le 9 juin 2005. Et j'ai l'impression de me souvenir si difficilement, par fragments, par renvois, des douze années écoulées en sa compagnie. Son absence dévore ma mémoire. Mémoire que le chagrin rend tempétueuse et morcelle. Je me noie en elle.

Ce n'est que dix-sept mois après sa disparition que je commence à me souvenir de lui, vraiment, violemment. De lui et de nous. Tout me revient et m'ensemence. L'écriture va bon train. Au fil du temps peu de réminiscences s'ajoutent aux premières. Tout stagne. À en être désemparé. Quelques-unes se nuancent et font croire qu'elles ne cessent de s'envoler et de se déployer. Souvenirs comme des oiseaux, des nuages, une houle de poussière, une tapisserie d'étoiles.

Je rentrais du travail. Il n'était pas forcément posté derrière la porte. Le bruit de mes pas ne lui causait plus d'inquiétude. C'était moi qui tournais la clé dans la serrure. Il ne se fatiguait pas à sauter de la chaise placée devant l'ordinateur. Il s'étirait, la grâce absolue, tendait le cou, juste ça. De l'entrée je voyais l'enfilade de pièces, puis il apparaissait, sphinx domestique, dans le lointain, gardien d'un temple invisible. Je disais : C'est la perspective Nevski. De neige et de gris, il se coulait vers le sol. Il me toisait. S'installait sur son arrière-train. Sautait brusquement sur la table de la salle à manger. Voilà qu'il était à ma hauteur. Il se mesurait à moi. Sa joue frottait ma joue. Son souffle se mêlait au mien. Roman de gare et roman sublime. Texte. Il me humait. Il repérait sur mes mains les odeurs du dehors, plissait le nez, grimace de dégoût ou de plaisir, c'était selon, l'interpréter n'était pas simple, il faisait volte-face, s'éloignait avec une dignité sans raison offensée, me considérait d'une autre rive. Je mettais du temps, devait-il penser, à me fondre dans notre univers.

L'odeur de sueur lui déplaisait souverainement.

Avez-vous déjà vu un félin suer, hors face à un péril extrême ?

Relisez *La Chatte* de Colette. Et vous serez au cœur du mystère, de la révélation, du chant.

Il détestait que je le surprenne à son écuelle ou déposant ses crottes sur la litière.

Regard sans pitié pour exprimer la pudeur.

Il est mort, il y a presque deux ans déjà.

Ma vie en partie tissée de ces deux pôles : absence et mélancolie.

La mémoire que nous avons de notre passé empêche-t-elle de sombrer ? Flexible crosse.

Longtemps le présent n'était que l'atelier où se fabriquait du passé, où celui-ci se transfigurait, alchimie qu'imposaient mes illusions, la foi en l'invraisemblable, l'inexistant, mon penchant à l'utopie, mon goût pour le travestissement mental et physique.

J'évoluais parmi de vieilles braises exténuées.

Paysage tout de même.

Je n'ai presque plus le regret de ce qui a été.

Je m'adapte de mieux en mieux à vivre au présent.

Prendre, recevoir, passer à autre chose.

Cycle récurrent. Nuit apprivoisée. Aurore sans imprévu.

Le passé s'est fait friable.

Lumineux, tu es lumineux, me disent parfois mes amis.

Ce sont eux qui me rendent sans doute lumineux.

Mon indifférence à certains événements capitaux de ma vie, mon égoïsme ne peuvent être source de lumière.

Intouché, je suis plutôt par la plupart des êtres.

Cœur sec.

Ou fatigué.

Sauf pour un chat, sauf pour des livres.

Je ne suis pas mécontent d'être ce que je suis.

Il n'interrompait mes grasses matinées ni par un coup de museau, ni par un coup de patte, ni par un miaulement. Silence de celui qui fixe. Son regard qui me réveillait.

Transpercé en plein rêve.

Que je sois à Paris ou en Normandie.

En Normandie où j'avais un studio au troisième

et dernier étage d'une ancienne villa. J'y ai passé mes vacances pendant douze années que Que Tal a été mon compagnon. Un mois d'été de quasi-solitude. Pourquoi dialoguer avec ses semblables ? Pourquoi échanger de mornes propos avec qui vous ressemble ? Pourquoi remuer la tourbe des clichés et du narcissisme ? Peu d'appels téléphoniques. Se lever avec lui, la méridienne avec lui, contempler la nuit avec lui.

Les autres ne me manquaient pas.

Il est rare qu'ils me manquent.

Ils ont si peu d'épaisseur, de réalité.

Et je suis si peu.

Plongé en moi-même et les yeux rivés sur les vagues, l'herbe, les feuillages, Que Tal. L'écriture, la lecture, l'extase, le silence, l'observation d'un lieu, d'un animal, de l'essentiel sur cette terre, rythmaient mes jours et mes nuits.

Je dors seulement quelques heures par nuit.

Je ne songeais même pas à l'amour qui m'était refusé, que je refusais, peut-être, demeurer dans l'indécision, et puis mourir.

Retourner à Paris, à ce qui me sanglait d'un visage et d'un rôle – des relations et un travail – m'était un arrachement. Dans mon pigeonnier, du haut de ma citadelle, je n'avais plus nom ni métier, je n'étais plus reconnaissable qu'à moi-même. Délicieux. Contact enivrant. C'était dans cette thébaïde que j'avais le sentiment, la certitude, la jouissance d'être vraiment quelqu'un.

Il y eut sa mort inattendue.

Je l'avais emmené chez le vétérinaire, afin qu'on lui fasse son vaccin annuel. Il protesta, comme il en était à chaque fois, par des feulements. Tout était donc normal. Cependant, lorsqu'il atterrit sur la table d'auscultation, un filet de sang s'écoula de ses babines. Il était mort. Son cœur l'avait lâché. Embolie. Presque un nom de fleur. Ou de femme. De déesse antique, de nymphe.

Effroi et incrédulité.

On sait et on ne veut pas savoir, ou mettre en mots, ou chercher une explication.

La douleur qui gangrène aussitôt la moindre pensée.

Cloaque. Quelque chose de nocturne. S'y déplacer et souffrir. Patauger avec un cœur broyé, une âme en charpie.

Bourrasque de souvenirs.

Plus d'espoir et plus d'apaisement envisageables. C'est ce que l'on se dit.

Dramatiser pour moins souffrir.

Détresse et mémoire se font la guerre.

La mémoire gagne le plus souvent. Tant de fulgurances qu'on en est brisé. La mémoire tue.

La souffrance, ensuite le chagrin. Gangrène. Ce qui dure. Ce qui est la plaine, les collines et l'horizon, la limite entre terre et ciel, entre nuit et jour, entre vide et vide, entre rien et rien.

Le chagrin qui est la mort érotisée, comme l'a écrit Jim Crace, dans *L'Étreinte du poisson*.

Écrire.

Que Tal et la maladie.

Écrire.

Que Tal et le silence.

Écrire.

Que Tal et l'instinct de chasse.

Écrire.

Que Tal et l'obscur.

Écrire.

Que Tal et l'indifférence à l'enfer ou à son contraire.

Écrire.

Que Tal est la lumière.

Écrire.

Encore et toujours.

Chanson.

Ritournelle ou cantique.

QUE TAL

Que Tal et la gorge de l'animal qui palpite.
Plaisir ou terreur.
Écrire, n'hésite pas, écris.
Où en est-on?
Voyage.
Que Tal et les adieux au monde.
Écrire.
Que Tal et le sang.
Que Tal et l'adieu à Que Tal.
Comment ça va, mon amour?

3

Usé par l'amour qu'il te vouait, me dit une amie. La vétérinaire employa des termes identiques.

Quel mot donner à ce qui interrompit à jamais les battements de son cœur de chat ? Dites-moi !

On m'a asséné le mot juste, le mot clinique. L'embolie.

Mot animal. Mot fatal. Mot nocturne. Où cueillir, exhumer, façonner les mots justes ? Que Tal n'était plus à côté de moi. Il m'avait lâché. J'étais là, chez la véto, dans cette pièce carrelée du sol au plafond – oh ! mon amour, ma splendeur, mon chéri –, pièce froide même en un début d'été, pièce nue, hostile, et la chaleur au-dehors, et ne savoir que dire par le regard, mon chéri, ma splendeur, mon amour, et cette sale lumière tombant d'un néon, crue, rude, mauvaise, cette lumière était de la nuit, j'étais dans la nuit face à cette femme en blouse blanche et son assistante, j'étais parmi une foule, elles étaient charmantes, vaguement tristes, elles tentaient de me réconforter, et moi, moi, j'étais au bord des larmes, tout un corps de larmes soudain, un sac de larmes, un corps criblé de larmes, mais les yeux secs, j'étais frappé de chagrin, j'étais, oui, un bloc de chagrin, plus de chair et plus de sang, moi muré en un unique chagrin, une terre de désolation, un imaginaire en ruine, et tout me rappelait d'autres détresses, dont mon chagrin engraissait, s'en alourdissait, s'y noyait, ah ! saloperie si grande, si pure, si muette, qui me chassait de moi-même.

Oh ! Que Tal.

Être en état de stupéfaction. Être incrédule.

L'incrédulité commença à se fissurer, la réalité se fit éblouissante et insondable, astrale, caverneuse, suivant l'angle, j'étais pantelant. Ce n'était pas encore la tristesse, pas encore le cri, j'étais gelé de partout, mais ça viendrait, ça serait poix et hurlement, gelé, à en crever de froid, qu'est-ce qui s'est passé, ai-je demandé. Je n'osais pas le toucher, mon chat, mon félin, mon joyau, mon léopard des neiges, mon si tendre, je n'osais pas le bercer, l'embrasser, interdit, sa mort m'interdisant tout, ce que je suis, ne pouvant que lui balbutier : Je suis là, et lui dire : Viens.

Il venait.

Que Tal.

La douleur montait, percutante, elle vrillait, prenait appui sur moi, sur ce qui restait de moi, s'y agrippait, corps de mon corps, épousailles, elle était enveloppante, maternelle et mortelle, c'était la douleur.

Que savais-je de moi ?

Ah ! ce chagrin auquel j'allais bientôt donner le nom de chagrin, un mot et sa force triomphale, une présence, l'invisible parfaitement présent en soi, quelque chose d'impérieux, du vide et du chagrin, que cela, cela, tout, pas de déchet, et Que Tal dans ma chair, mes nerfs, mon cerveau, et mon chagrin, et... et... et... bégayer, et mon chagrin donc, plus immense que celui que j'avais éprouvé à la mort de mon père, de ma mère, d'un amant, car les résumant tous, les brassant tous, les chagrins d'une vie, les illustrant tous, monstrueux chagrin, me laissant dans l'incompréhension de la mort, ravagé et de plomb.

Je m'adressais à Que Tal, à l'absent si

durablement, si profondément lové en moi, ne me quitte pas, tu es là, où es-tu, oui, c'est moi, mille phrases contradictoires et litanie, mille houles, une lame de fond sans avertissement, lame qui me roulait dans la nuit, qui perçait mes flancs, houle et lame.

J'étais broyé, broyé et vivant.

Il n'y eut plus que la stupéfaction et plus que l'effroi.

Où es-tu?

Es-tu là?

M'entends-tu?

Loup.

Chat.

La bête.

Il n'y a qu'une bête, s'écria un jour Colette.

Où es-tu?

Dire «animal» et se dire qu'on rapetisse tout, un seul mot pour dire tout un être, l'inconnu et le familier, le réel et l'illusion, que saisit-on de l'animal, qu'ai-je saisi de moi?

Et qu'ai-je saisi de toi, Que Tal, et je suis animal, moi aussi, griffes, terreur et sensations.

Mais voilà que je suis projeté dans un silence qui me rudoie, m'effraie. Solitude. Elle est là celle qui cisaille, l'atroce solitude, qui vous fait ressembler à n'importe qui, la folle solitude, qui ne laisse rien debout.

Je reste sans réaction, statufié dans la salle carrelée de haut en bas, me répétant que je ne l'écouterai plus vivre. Ressassement qui se muera en baume, un jour.

Oh! Que Tal, comment croire à cela, plus une once d'imagination, je ne ferme pas les yeux, les sens exacerbés, des nœuds de douleur, les deux femmes se sont éclipsées, que mes larmes coulent, doivent-elles penser, mais je ne pleure pas, mon chagrin ne s'extériorise pas, je suis seul jusqu'aux plus extrêmes frontières de moi-même, je suis seul avec ces larmes qui refusent de couler, seul avec cette vie qui n'en sera plus une pendant des semaines, des mois, je serai survivance, j'ignore aujourd'hui encore ce qu'est survivre, je suis foudroyé, un roidissement de tout l'être, je suis de la pierre ignée, un épieu de pierre, je ne suis plus qu'un cœur et un souffle qui se fissurent, je suis coupé de tout, de mon passé, et c'est quoi le présent, et à quoi ça sert l'avenir?

Coupé de tout, vous m'entendez? Qui entend? Qui comprend? Je roule dans la fosse.

Je le touchais enfin. J'en avais la force. Tiédeur toujours, et le museau toujours humide, mes lèvres sur sa fourrure, sur ses yeux l'embrasser, un unique baiser coulant sur lui. J'étais sans mémoire, sans rêve, et déchiré de part en part, humain un peu décidément, des fragments d'humain, mais voilà que les deux femmes surgirent, je les haïssais, elles étaient envahissantes, elles s'interposaient entre lui et moi, sans état d'âme, je crois en l'âme, je suis d'un temps ancien, j'étais en miettes, l'une des femmes le prit dans ses bras, on me l'arrachait, elle l'emportait, il disparut de ma vue, mort, invisible, je le touchais du regard, de tous mes yeux, de toute ma peine, de toute ma mémoire, et pourtant je n'avais conscience de rien, bien que peine et mémoire haletaient au fond de moi, on me le volait, on m'en séparait, adieux muets, se tenir droit, ne pas se laisser aller, je ne fis pas un geste pour le retenir, le reprendre, l'emmener par les airs et les rues, puis me retrouvais assis sur une chaise et signant un chèque pour l'incinération, refusant qu'on me livre les cendres, ne pas avoir l'urne morbide sur une étagère, trophée, j'appartiens à une génération qui a la répulsion des cendres, leur préférant le pourrissement des chairs et l'effritement des os, je ne songeais pas à cela, je disais non, pas d'urne, c'était tout, pendant que mon stylo traçait des chiffres, ma signature, succession de balafres, le désespoir tordant, rouillant des lettres, avalanche de choses apprises, de formules, j'étais sourd à ce que j'étais, à ce que me disaient les deux femmes en blanc, bientôt je fus dans la rue, lunettes vissées sur le nez, larmes aux paupières, sanglots dans la gorge, je portais le panier sans rien dedans, affreuse légèreté.

Marcher.

Marcher encore.

Marcher vite.

Courir, presque. Redouter de croiser une connaissance, le chemin si connu qu'il paraissait s'étirer à l'infini, moqueur, un calvaire, c'était ça, et avoir l'impression de marcher dans une de ces forêts touffues que l'on ne traverse que dans les contes et les légendes, marcher sans savoir que l'on se perd.

C'était juin et le ciel était bleu. Je portais des lunettes de soleil, larmes masquées, larmes embrumées, larmes enfoncées dans les orbites, je tentais de me replier sur mon chagrin, qui bougeait en moi, enfantement, être hors de cette rue devenue un no man's land, ne plus rien voir de cette ville, hâter le pas, regretter de ne pas pouvoir me métamorphoser en oiseau, vol d'oiseau, une distance que n'allonge aucun obstacle, même pas les nuages, aucune rue, aucun toit, aucune arête de pierre, détester tous ces gens autour de moi, détester les voitures et le bruit et les odeurs des voitures, rumeur qui fait mal, fait suffoquer, parvenir à destination, soulagement, maigre bonheur, bonheur cependant, j'étais sauf, j'avais vaincu le monde, je tournais le dos à ce quotidien de la capitale dont je me dessoudais, j'avais été plongé dans l'extraordinaire, j'en étais harassé.

Taper le code, pousser la lourde porte de bois, être terrifié à l'idée de croiser quelqu'un, la concierge ou un voisin, ne vouloir rien expliquer, n'avoir rien à dire, ne rien dire, qu'on m'accorde le silence à défaut de paix, le couloir, ouvrir machinalement la boîte aux lettres, s'étonner que ce geste n'ait pas été oublié, une habitude s'imposant au chagrin, avoir du courrier, des correspondants, une vie, ça glisse, tout glisse, publicités, lettre d'un ami, factures, tout du pareil au même, ne pas en déchirer les enveloppes, ce sera pour un jour ou pour jamais, un jour le courrier redeviendra ce qu'il est, promotionnel, personnel, administratif, mais pas pour l'heure.

Monter quatre à quatre les marches, troisième

étage, le panier de plus en plus léger, plumes, vent, neige, scandaleusement, avoir conscience du désert et de l'abandon et de la mort, pourquoi d'autres mots, puisque ce sont les mots, les vrais, les seuls, les mots royaux, avoir conscience de ce qui n'est plus, l'impensable.

Refermer la porte, laminé, fumer une cigarette, la téter, fumer, être chez soi, cris et silence, en soi, pleurer, pleurer, pleurer, le ruissellement et le hoquet, larmes enfin là, sur la peau.

Il ne sera plus là, ni demain ni après-demain, hoqueter des mots, des suppliques, des renoncements, des effrois, gauchir la langue maternelle, haussement des épaules comme si maman était dans la même pièce, se jeter sur le téléphone, laisser des messages, joindre une amie, puis une autre, celles qui avaient de la considération pour Que Tal.

Un chat.

L'une te conseille de prendre un verre, du gin ou de la vodka, un truc fort, qui t'extirpe de toi, car il te faudra te rendre à un cocktail ce soir, en l'honneur d'un copain, plutôt bon auteur, qui vient d'obtenir un prix important, le féliciter, mais comment tenir, comment ne pas se briser, voler en éclats, pour ne pas dire se briser, toutes

tes larmes se faisant brouillard et nuit, merci, lui dis-tu, raccrocher, se précipiter sur la bouteille de gin, une après-midi durant boire seize gins tonic, tu iras à ce foutu cocktail, tu seras aimable, tu ajusteras ton humour à chaque conversation, à chaque interlocuteur, du néant, même les aimés, et toi bien sûr, néant de néant, de l'extrait de néant, rigole.

Tu es pété, saoul comme un coing, l'ivresse indécelable, sauf pour Mercedes, tu ne titubes pas, tu es allé là-bas, tu t'es mêlé à ces gens, tu fis comme si tu étais en forme, on te complimente, quel teint, plus le temps s'écoule, plus tu te sens sombrer profond en toi, tu t'effondres lentement, Mercedes voit arriver le pire, elle t'emmène dans la rue, t'accompagne jusqu'au métro, ça va, oui, ça va, tu tiendras le coup.

Ne t'inquiète pas, tout ira bien, au revoir, je t'aime.

Pourquoi être consolé ?

Je ne veux pas être consolé.

Taper du pied comme un petit garçon.

Tu as été un petit garçon.

Ce petit garçon, cet enfant te revient en plein cœur parfois. Un chat meurt et il est là.

De nouveau chez toi. Étendu sur ton lit.

QUE TAL

Tentant de lire. C'était il y a mille ans et c'était hier. Tu ne pouvais lire en français. Ta langue maternelle était trop proche de toi, née avec toi. Insalubre. Trop authentique. Trop pleine d'échos. Tu pensais à Que Tal. À ton père. À ta mère. À tes amis et compagnons morts du sida. Tu pensais à Que Tal surtout, bientôt plus qu'à lui. Aucun de tes chagrins n'avait été comparable à celui qu'éveillait sa disparition.

Lire tout de même trois lignes en français en horreur.

Tu avais soudain ta langue.

Elle t'agressait, les phrases que tu lisais étaient belles, trop, compréhensibles, tu voulais de l'improbable, du flou, ne pas continuer à lire, non et non, ne pas en avoir le désir, n'avoir pas de désir du tout, car ç'aurait été le trahir, lui, n'être que du chagrin, vœu pieux, comment n'être que quelque chose.

Qu'il n'y ait que lui pour veiller sur toi.

Tu appelais Que Tal, croyais le voir, illusion qui te vrillait le cœur.

Douze années avec lui.

La sensation d'avoir passé toute ta vie avec lui.

Il n'y avait qu'un mort en toi.

La nuit se faisait de plus en plus nuit. Tu

pris ton téléphone, fis le numéro d'un réseau de baise, coucher avec n'importe qui, aller au danger comme d'autres au charbon, te marrer une seconde, te crisper, ton désespoir si cuisant, et toute idée soudain de baise te fit horreur.

Je ne peux pas.

Baiser serait le trahir. Baiser serait t'éloigner de lui.

Je reposais le combiné. J'errais en moi, je renonçais à tout, sauf à ma douleur.

Exister. Le tenter. Exister, et puis tant de foudroiements.

J'allais et venais dans mon appartement, un fauve en cage, qui a inventé l'expression.

J'étais bête aux abois, je miaulais à mort, j'étais chat, j'étais un animal, non, tu rêvais, tu t'abusais, je miaulais mon désespoir, ton absence, entendais-tu cette toute petite partie de toi feuler en moi ?

Pièces et objets devenaient flottants. Un monde aquatique.

Je me noyais et ne mourrais pas. Et je voulais mourir. Malédiction. Grands mots et douleur absolue.

Me tuer. Désir qui s'emparait de moi si souvent.

Où j'allais et venais.

Venais et allais.

D'un grognement je renvoyais aux calendes grecques la pulsion de suicide.

Ridicule.

Et je n'avais pas les couilles pour le faire.

Tu te souvenais de lui, brusquement. Et de toi. De lui et toi. La honte te flagellait l'âme. De souvenir en souvenir tu reprenais vie. Ah! ce manque cependant, de sa gorge, de son ventre, de ses prunelles, de son souffle.

Les jours passèrent. Deux semaines passèrent. C'est alors que tu constituas trois albums regroupant les photos que tu avais prises de Que Tal.

Je lisais et me saisissais de mon appareil photo. Je prenais d'affilée quatre, dix photos. Je le mitraillais. Il clignait des yeux sous l'agressivité du flash. Ses yeux mangeaient son visage.

Visage de chat.

Pas une gueule.

Je possédais de lui plus de trois cents photos.

Je m'en voulais de n'avoir pas su déceler en lui une insuffisance respiratoire. Je ne regardais que sa beauté. Tu n'étais pas fait que de beauté, mais de riens et de mort. Comme moi.

Il faut me détourner de ma négligence, me disais-je. Et de ma honte.

Les livres m'y aidèrent.

L'époque du chômage était lointaine, mais indéracinable. Ne jamais écarter de mon esprit l'évidence que je suis de nouveau un privilégié.

Je suis éditeur.

Je dois dénicher le sublime mais «vendeur» comme ils disent, et ce «ils» contient une foule. Je lis en anglais. À la mort de Que Tal je dressais cette langue entre mon chagrin et moi. Durant quelques heures, le premier était neutralisé. Mais soudain j'avais un accès de haine pour cette langue qui n'était pas la mienne, n'avait rien à voir avec papa ou maman, avec mes morts en somme, langue impudente, je lui reprochais aussi d'affaiblir ma peine. J'étais illogique. Coups de bélier, j'étais haine et brutalité, et voilà que la langue somptueuse, musical, lointaine, une étrangère au centre de ma vie, que cette langue cédait, le mur de vocables et de sons s'écroulait, le barrage rompait et mon chagrin m'était restitué, pur. Je me disais que tout était de passage, que ma douleur s'effriterait comme le reste. Ma douleur s'épuisait donc, s'altérait, mon appartement n'était plus un radeau et mes pensées une tempête, mon être du vide et les objets du brouillard. Ce n'était pas moi qui étais mort.

Pas moi.

Je ne mourrais pas de chagrin.

Un matin, j'aspirais de nouveau à l'amour.

À ce qui est extrême.

À ce qui a un début, un corps et une fin.

Je me livrais à des garçons, dix, vingt, plus, je m'étourdissais à cette valse des petits chiens et des matous.

En faisant l'amour je songeais à Lui.

Je me souvenais de lui qui émergeait de dessous un meuble, dès l'amant furtif parti, une grimace de mépris sur sa face de chat, les moustaches qui tremblaient, boudant le lit, une nuit, une aube, répugnant à se frotter à une odeur inconnue, qui n'était pas la mienne. Il ne revenait près de moi que lorsque le silence imposé par son ironie de chat s'était inscrit entre les murs, silence qui palpitait dans le grand silence de l'aurore ou du crépuscule, auquel ne peut être comparé le silence contondant ou morne des hommes.

Vous ai-je dit qu'une semaine après sa disparition je reçus l'attestation de son incinération. Plus rien de lui ne subsistait. Il avait été un chat mort parmi d'autres chats crevés. Et comme eux jeté aux flammes, englouti par elles, sa splendeur réduite en cendres. Bûcher pour les bêtes. Cendres volant vers où ?

Ne pas me complaire en divagations molles, sentimentales, en un effroi si quotidien qu'il en est rassurant.

Des flammes et des cendres, et le vent, et ce qui déploie ses ailes, se déchire et se disperse, n'est plus.

Images usées que la douleur n'ose pas transgresser.

Que peut-on inventer d'autre en pareil naufrage intérieur ?

Et les braises ?

J'ai en horreur braises et cendres.

Je cherchais sa trace dans tout l'appartement. Ne trouvais que les échos de sa présence.

Qui n'a pas connu cela ?

Pourquoi l'écrire, alors ?

Pour battre sa solitude en brèche ? disons que c'est ça.

J'avais jeté, l'après-midi de sa mort, j'avais jeté à la poubelle les chiffons blancs recouvrant les sièges afin de voiler le tissu mis en lambeaux par ses griffes, son panier, jeté, le bac où il crottait et pissait, jeté, l'écuelle où je lui servais ses repas, jetée, le moindre symbole de ses rituels, jeté, n'en parlons plus, et voilà la mémoire qui est envahie d'objets ! Et de cent histoires merveilleuses dont il était l'arpenteur et le prince. Je m'installais dans de nouvelles habitudes, quasi de nouvelles attitudes. Le remords fonçait sur moi. Je n'avais pas été assez vigilant. Je le revoyais : il stoppait ses carapates, épuisé brusquement, soufflant, un mal congénital, supposa la vétérinaire. Quoi qu'il en fût, je n'avais pas fait assez attention à lui. J'étais superficiel et imbu de ma personne. Est-ce possible un deuil sans remords ?

J'étais en deuil et d'un commun !

J'ai des remords tandis que j'écris. Ressurgissent ces instants qui vous hantent. Vous mourrez avec. Est-ce pourquoi certaines agonies sont longues ? Douloureuses ?

Instants.

Ce 8 juin 1986. Maman venait de mourir. On ne disait déjà plus : rendre l'âme, tirer sa révérence. La mort se faisait plus sèche, liquidée en une phrase blême. J'avais fermé les yeux de ma mère. J'étais ce fils qu'elle n'appellerait plus. Orphelin. État où il n'y a pas d'éternel retour, enfin, je ne crois pas, qui sait ?

Mon fils.

Mon enfant.

Mon chéri.

Dix-neuf ans plus tard, c'est lui qui m'abandonnait, presque jour pour jour. Je me mis à songer à mon père. Cet homme auquel j'avais si peu songé pendant trois décennies et dont l'absence forgeait sans crier gare une souffrance, intolérable, puis si constante qu'elle en fut pigmentée de petits répits. Il me revenait en plein. Il était mon père. Ou plus violemment : j'avais eu un père, et ce père, après des années d'oubli de ce qu'il avait été, avait vécu, de nos batailles et de nos réconciliations, mon père, papa, me revenait en rafales. Terrain miné de bonheur. J'écrivis sur lui. Il quittait l'exil dans lequel mon égoïsme, ma cruauté de gars qui se pense d'une pièce, mais qui n'est pas Janus ni Hydre de Lerne, multiple et informe, ma fatuité, la crainte de n'être pas à sa hauteur, de son ampleur, ma factice mais active indifférence, tout en poses et verbiage, l'avaient enfermé. Il me revenait, lui aussi. J'eus la certitude que Que Tal, tel un dieu antique, avait été le messager entre les vivants et les morts et qu'il m'avait rendu celui dont je niais qu'il ait été et qui demeurait le socle de toute mon existence, une référence, il était route et océan, soc et grange, homme magnifique, il était mon père. Oui, il revenait vers moi et je serais à jamais sa demeure. Il revint vers moi et inscrivit sur une page cet «il était une fois» d'où se répand l'histoire de notre terre et de ses habitants. Mon père fut mis en mots. Il existait pour une seconde fois. Il me parlait, tandis que je reconstruisais sa vie, ses rêves, ses amours, notre amour si conflictuel.

Écrire. J'avais soif d'écrire. Un texte. Des fragments. Des nouvelles. Pavese. Novalis. Mansfield. N'importe quoi. Des mots agencés en phrases. Mais où, le souffle ? Où, ce à quoi j'aspirais, d'archaïque et de jazzy. Non, pas des fragments. J'étais trop en miettes pour m'autoriser cela. Plutôt une histoire bien construite et sans invention. Pour me persuader que je pouvais marcher droit. Que mon esprit pouvait s'apparenter à celui d'un démiurge. Écrire une belle histoire. Tout le train-train de mon passé et de mon imaginaire en branle. Je le connaissais assez bien mon imaginaire, ni maigrichon ni somptueux. Brûlant, en revanche. De foudres rêvées, de laves autrefois rimées.

J'écrivis une histoire.

Molle comme une feuille de papier imbibée d'eau.

Une histoire engendra une histoire.

Ça ne s'arrêtera qu'à mon dernier souffle.

J'écrivais, j'écris. Vallée des Rois, gratte-ciel.

L'histoire ordonne qu'on l'achève, poursuivons notre route, elle ordonne, vous dis-je, elle ordonne. Suspendue trop souvent. Interruption parce que j'ai accepté l'invitation à dîner d'amis. Été radieux, chaleur, table dressée dans un jardin de Vincennes, villa bourrée de livres, on parle, on discute, j'ai de l'humour, une sorte de paix alentour, si puissante que j'oublie ce qui méandre dans mes pensées, dans mon cœur, du bonheur, c'est ce que j'éprouve avec ces amis, ou pour être plus clair ces gens que j'aime bien, de temps à autre on connaît de beaux sentiments, de douces impressions, mais voilà que tout est balayé par le souvenir de Que Tal, j'en suis frappé en pleine face, je revis sa mort, chaque détail, et de nouveau, agglomérat de pierre, je coule à pic, je suis alors stupéfait de pouvoir, malgré tout, suivre une conversation, rire, raconter à mon tour une anecdote, mettre en vedette mon ego, j'ai également la sensation que je ne serai plus jamais le même, Que Tal est mort, mort et moi je suis là, ma sociabilité native sera désormais de l'écume, une armure de douleur aussi, chose nécessaire.

QUE TAL

Oh! qu'il est drôle, dit-on de moi.

Solitude infiniment, solitude charnelle, solitude saillie d'âcreté, solitude, toujours, ne nous mentons pas, solitude plus ou moins pesante, oubliable ou permanente, cette solitude qui vous rend semblable à lui, à elle, à vous, qui décapite en une houle unique toute votre vanité.

Je quitte mes amis. Une invitée me ramène en voiture, me dépose au bas de mon immeuble. Merci. J'ai été content de vous rencontrer. Dès la portière refermée, elle n'existe plus.

C'était ce soir-là ou un autre parmi d'autres. Était-ce vraiment ce soir-là? Peut-être. Ce qui est sûr, c'est que le bonheur était le même, la douleur la même.

Le couloir de l'immeuble, toujours, l'escalier, toujours, ma porte, toujours, l'entrebâiller, toujours, réflexe du temps de Que Tal, de douze années, crainte qu'il ne s'échappe, se rappeler qu'il n'est plus là, entrer chez soi, soupirer de désespoir, ôter ses vêtements, machinalement, en slip se glisser sous ses draps, la soirée écoulée comme irréelle, un rêve, comme pas grand-chose, des graviers lancés contre une vitre, ah! c'est toi, toute réalité dérisoire, plus d'étonnement en ce monde, non, une seule réalité compte, celle de son absence, hausser les épaules, faire l'indifférent, ma mort surviendra, un jour, ma vie soudain me paraîtra si courte et si lourde, composée de longues heures, je cite Fénelon, cité par Chateaubriand dans ses *Mémoires* tranchants comme la lame d'une faucille, ou moites comme l'air confiné d'une chambre de malade, rendre à César ce qui est à César, phrase leitmotiv, l'on se croit un instant un empereur, mais au petit pied, terrifié à la pensée que sa mort est proche.

L'idée de ma mort inéluctable ne me quittera plus.

Je mourrai, comme Que Tal, mon père et ma mère, Jean-Michel et Alberto, et Hélie, mon bel amour, mon inoubliable. Et d'autres. Ils me peuplent. Ils m'enracinent en moi-même et m'insufflent de la sève.

Me pencher sur mon corps.

L'ausculter. Pourquoi serait-ce forcément narcissique ?

Son propre corps que l'on regarde pour se détourner de quelque enfer.

Je tâtais, je tâte ma peau, mes muscles, ça me saute à la gueule : je vieillis. Tout se relâche, en convenir, c'est parfois comprendre, comprendre quoi, à qui je parle, de qui je parle, de quoi je veux parler, je vieillis. Les muscles se font moins fermes, tellement, la peau se fripe ici et là, irréversible, regarde les petits plis qui ne tiennent même pas chaud, autour de ton ventre, à l'aine, vers le nombril, c'est fou ce que tu connais bien ton corps, mon chéri, des plis, pas des rides, pas encore, patience, patience et longueur de temps font mieux que force ni que rage, c'est la citation juste, altération de la chair, on appelle cette adiposité de la chair, vous avez un autre mot, que voulez-vous dire de plus, il y a un corps qui a beaucoup vécu, comment aurait-il pu faire autrement, n'est-ce pas.

Un corps comme un livre.

Voilà que je glorifie mon corps par une insipide comparaison.

Cliché, comme si on était mis aux fers, cliché qui happe et incendie.

Faut accorder plus d'attention aux clichés. Tant de vérité en eux, falsifiée, épuisée, ou non.

J'étais, je suis sous mes draps, pantelant et mélancolique, je fixe la blancheur des draps, j'entends un craquement, un chuintement, la matière parle, une bruyante illusion, je lève les yeux sur les murs et les meubles, ils sont tous là où ils ont toujours été, immuables et destructibles, après moi le déluge, l'égoïsme et l'épopée, je croyais qu'il était tout près.

Je criais en moi, je crie en moi, je veux un amour, je veux aimer et être aimé, cette si commune splendeur qui m'est refusée, je n'évolue pas, je suis depuis toujours dans ce manque, cette attente, mes mains tâtonnent, cherchant, le cherchant, vont à sa rencontre, mais son ombre, où est-elle, ont la sensation de le toucher, son léger miaulement car dérangé dans ses rêves de chat, je revois ses yeux, sa fourrure sous mes doigts, mes paumes, puis ce doute qui efface son corps de chat, ce fantôme, moins que ça, moins que rien, qu'est-il donc devenu, j'ai cru qu'il était là, ancré dans l'espace, j'ai eu cent pensées pour lui, il est mort, cet oubli qui est le commencement de l'apaisement, je n'aurai bientôt plus cette sensation d'étouffement, de littéralement crever de son absence, où es-tu, je suis effaré que peut-être douze années passées avec lui ne représenteront pas plus qu'un fagot de brindilles, un baluchon de poupée, je me calme, je me rassure, mon chagrin si grand est-il, s'exprimant par des larmes ou une gorge serrée ou une cervelle embrumée, n'empêche que je redevienne poreux au monde, aux choses, aux gens, lavandes en fleur, ciel molletonné de nuages, poussière dans la lumière, danse, démarche d'une femme, démarche d'un homme, gaieté d'un gosse ou air buté d'un enfant, je suis comme je suis, titre d'une chanson, Gréco royale et exaspérante, ce que je suis donc, joyeux de nature, morbide à mes heures, énergique, paresseux, rien ne peut vraiment m'abattre, même pas la mort des proches, des amis, même pas celle de Que Tal.

Sa disparition m'intime l'ordre d'aller désormais à l'essentiel.

Route avec virage, chemins de traverse, détours, et l'essentiel au bout de chacun.

Écrire.

Le plus précieux de moi contenu dans ce geste.

Ne plus m'embarrasser de belles phrases, ne plus m'ennuyer avec mes contemporains, plus de fioritures stylistiques et de contentement de soi, graine de paresse, l'essentiel et son imperfection inévitable et nécessaire, je vais écrire avec plus d'intensité maintenant que Que Tal est mort, affreuse constatation, tu n'es pas un monstre, ne te prends pas pour ce que tu n'es pas, juste quelqu'un de malheureux, parfois.

La mort de ton chat, celle d'un tel ou un

tel, que tu le veuilles ou non, ensemence ton écriture, t'aide à parvenir au dépouillement intérieur, mais est-ce que tu sais vraiment ce que signifient ces mots, «intérieur», «extérieur», clichés en garde-fous. Ne t'alourdis pas de fausse pudeur, sois cru, va droit, tranche à travers champs, contemple au passage les prairies, coupe à travers rues, contemple-les, accorde-toi quelques escapades jusqu'à cette butte, ce bois, cette rivière, ce square, rêve et bois aux ténèbres, contemple, retourne-toi juste pour vérifier que tout est en place, écris, écris, écris, ne t'arrête pas, en sachant que tu n'auras jamais les mots pour dire ce qui est, ce que tu es, qui est l'autre, mais écris, bon Dieu, continue, écris, je te dis d'écrire, ne joue pas au pantin éploré, ne t'apitoie pas sur toi-même, laisse respirer tes phrases, sois une histoire, donne à tes paragraphes un rythme, que chaque ligne soit portée par ton souffle, n'emprunte pas celui d'autrui, il t'étouffera tôt ou tard, te travestir n'est pas ton truc, tu diras ce qui est survenu, ce que tu as vu, ce que tu as écouté, tu diras Que Tal, tu témoigneras, mort par embolie, un nom de fleur, rappelle-toi, ce raclement dans sa gorge qui s'achevait en une toux brève, ses essoufflements de plus en plus rapprochés, tu disais : Tu n'es plus un jeune chat, c'est normal, et tu oubliais que qui dit vieillir dit être accablé de maux.

Sache que tu ne sauras le ressusciter que très imparfaitement, si précis et obsessionnel sois-tu, tu écriras et tu percevras les limites de la mémoire, pleine de portes et de fenêtres murées, de sol qui se dérobe sous tes pas et tes souvenirs, imperfection du texte le plus parfait, et c'est bien, que c'est bien, rassurant, du cœur, alors, de l'intelligence aussi, donner à voir du vivant, qui palpite, du réel, et sache surtout que l'imperfection sera encore plus grande avec lui mis en mots, plus grande que si tu décrivais un homme ou une femme, car l'animalité échappe la plupart du temps à celui qui écrit et vit, parce qu'en toi elle n'est que le résidu de ce qu'elle a été il y a des millénaires, tu seras toujours dans le possible et le faux, mais tu seras là où tu dois être, à ta place d'homme impeccablement gauchi par les épreuves, tu écris, lentement, mot après mot, tu es sur le point de reprendre ta place dans le monde, avec cette vérité chevillée à l'âme : tu mourras un jour, tu n'es pas différent de ton voisin, tu as connu la joie et l'affaissement de tes forces, l'absurdité des jours et des nuits et leur beauté,

QUE TAL

vis dans l'absurde et découvre la joie au détour d'une aurore ou d'un soir, comment d'ailleurs faire autrement, espère en la venue de l'amour, va, écris, baise, écris, sois disponible à l'amour, il y a aujourd'hui, et tu écris, il y aura demain, et tu écriras, il faut croire à cette permanence, sinon tu ne seras rien, ou peu, trop peu pour sombrer même en toi, écris au croisement de tous les bruissements, de toutes les clameurs, de tous les silences, n'existe que par ce qui te déchire, te rend incandescent, n'existe que par ce qui te repousse au fond de toi et t'anéantit et te redonne vie, le silence n'existe pas vraiment, jolie phrase, peut-être, passe outre, je t'en supplie, passe outre, va au désert, va le peupler de ce que tu es, il restera toujours un peu de toi en toi, redresse la barre, pas d'effroi, je t'en supplie, va au désert, tu m'entends, va, supporte cette idée que parfois tout en toi est imposture, que tu n'es pétri que de cela, toi, l'éditeur, tu es un imposteur, toi, l'écrivain, tu es un imposteur, pauvre type, crois en toi, n'y crois pas, mais écris, démantèle-toi, reconstruis-toi, mais écris, on t'aime, tu existes, mon vieux, tu te racontes des histoires, tu te rabaisses, tu jouis de ça, idiot, lâche, va, écris, rencontre un gars, va chez lui, ramène-le chez toi, son odeur contre la tienne, c'était bon, tu es dans la rue, et son odeur t'accompagne, tu n'es pas seul, son odeur est devenue ton odeur, et tu songes au texte sur Que Tal que tu projettes d'écrire depuis sa mort, tu es à ton bureau, sur le mur qui te fait face les photos d'êtres chers, les pivots de ton existence, ta mère et ton père, ta cousine Janine morte d'un cancer, celle qui t'apprit à danser, celle qui fut luciole et incarnation de la mélancolie, et Marianne, Hélène, Mercedes, Nina, et deux photos de Que Tal, les vivants et les morts rassemblés en une unique corolle, ils font ta vie, et ta vie est plus grande qu'eux, il y a toi et eux, tu t'es gorgé d'eux, tu les as négligés, tu les as retrouvés.

Écris. Ça fait chaud d'écrire. La page blanche à remplir et qui se remplit. Pattes de mouche et lyrisme. La blanche page. Inverse les termes. C'est parfois du pareil au même, enfin presque. Juste un peu de coquetterie dans cette «blanche page», va, écris, c'est Que Tal que tu écris, mais oui, c'est comme ça, tu y arrives, tu es pugnace, tu arrives toujours à ce que tu veux, Que Tal, Comment ça va, mais très bien, vraiment bien, il était une fois, ta vie se déploie sous tes yeux, dans les mots, entre les lignes, sous ta plume, elle est texte, elle inspire, expire, elle est souffle, ta vie renaît, tu écris, oui, joie, joie, tu écris, j'écris et tout va bien, merci.

TABLE

Une nuit	*9*
1	*19*
2	*41*
3	*59*

DU MÊME AUTEUR

Mireille Balin ou la beauté foudroyée, Éditions La Manufacture, 1989.

Nocturnes, HB éditions, 1996.

La Province des ténèbres, Phébus, 1998 ; Libretto, 2001. Prix Femina du premier roman.

La Ville assiégée, Le Rocher, 2000.

En silence, Phébus, 2000 ; Libretto, 2006. Prix du jury Jean-Giono.

Lily, Phébus, 2002.

Ivresses du fils, Stock, 2004.

Des chevaux noirs, Stock, 2006 ; Le Livre de Poche, 2008. Grand Prix Thyde Monnier de la Société des gens de lettres.

Des amants, Stock, 2008 ; Le Livre de Poche, 2010.

Alberto, Éditions du Chemin de fer, 2008.

Un certain mois d'avril à Adana, Flammarion, 2011. Prix Chapitre du roman européen.

Que Tal, Phébus, 2013.

LITTÉRATURE FRANÇAISE

AUX ÉDITIONS PHÉBUS

(extrait du catalogue)

ANTOINE CALVINO
Un an autour de l'océan Indien, récit de voyage

FRANÇOISE CLOAREC
*Séraphine
ou la vie rêvée de Séraphine de Senlis*
(également en Libretto)
Storr, architecte de l'ailleurs

JEANNE CORDELIER
La Dérobade, récit
Reconstruction, roman
Préface de Benoîte Groult
Escalier F, roman

ALAIN DEFOSSÉ
*Mes inconnues
Solande, Denise, Mado*
roman

BENJAMIN DESAY
Le Vagabond des ruines, récit

MARTINE DESJARDINS
Maleficium, roman

CATHERINE ENJOLET
Sous silence, roman
Préface de Boris Cyrulnik

GABRIEL FERRY
Le Coureur des bois, roman

SERGE FILIPPINI
Deux testaments, roman

GILBERT GATORE
Le Passé devant soi, roman

CÉDRIC GRAS
Vladivostok, neiges et moussons, récit de voyage

GILLES LAPOUGE
La Maison des Lettres
Conversations avec Christophe Mercier

MARIE LE GALL
La Peine du Menuisier, roman

PIERRE LOTI
L'Inde sans les Anglais
précédé de *Mahé des Indes*
récit
en Libretto

Fantôme d'Orient
et autre textes sur la Turquie
récits
en Libretto

Luc Hoffmann, l'homme qui s'obstine à préserver la terre
Entretiens avec Jil Silberstein

CHRISTOPHE MERCIER
Garde à vue, récit

CÉDRIC MORGAN
Kafka ramait le dimanche, roman

THÉRÈSE MOURLEVAT
La Passion de Claudel, biographie

BERNARD OLLIVIER
Longue marche (3 vol.)

L'Allumette et la bombe :
Jeunes : l'horreur carcérale, document

La Vie commence à 60 ans
document

Aventures en Loire :
1 000 km à pied et en canoë, récit

MARTIN PROVOST
Bifteck, roman

ZILA RENNERT
Trois wagons à bestiaux
D'une guerre à l'autre à travers l'Europe centrale, 1914-1946
(également en Libretto)

PHILIPPE RENONÇAY
Le Défaut du ciel, roman

CATHERINE REY
Une femme en marche, roman

CAROLINE RIEGEL
Soifs d'Orient
Du Baïkal au Bengale T. I

Méandres d'Asie
Du Baïkal au Bengale T. II

Éclats de cristal
En forêt gabonaise

CONSTANCE DE SALM
Vingt-quatre heures d'une femme sensible, roman
Postface de Claude Schopp

*Cet ouvrage
a été mis en pages par In Folio,
reproduit et achevé d'imprimer
en novembre 2012
dans les ateliers de Normandie Roto Impression s.a.s.
61250 Lonrai
N° d'imprimeur : 12-4536*

Imprimé en France

Dépôt légal : janvier 2013